VENTE
Du Mardi 13 Juin 1911
HOTEL DROUOT, SALLE N° 9
A 2 HEURES PRÉCISES

ANTIQUITÉS

BRONZES ET VASES PEINTS

OBJETS PROVENANT DE

L'ANCIENNE GALERIE ÉDOUARD DELESSERT

PARIS — 1911

CATALOGUE

DES

ANTIQUITÉS

BRONZES ET VASES PEINTS

OBJETS PROVENANT DE

L'Ancienne Galerie Edouard Delessert

VENTE AUX ENCHÈRES PUBLIQUES

HOTEL DROUOT, SALLE N° 9

LE MARDI 13 JUIN 1911

à deux heures précises

COMMISSAIRE-PRISEUR	EXPERTS
Me HENRI BAUDOIN	**MM. ROLLIN & FEUARDENT**
Successeur de M. PAUL CHEVALLIER	Paris, 4, rue de Louvois
10, rue Grange-Batelière	Londres, 66, Great Russell street. W. C.

EXPOSITION

Le Lundi 12 Juin 1911, de deux heures à six heures

PARIS — 1911

CONDITIONS DE LA VENTE

Elle sera faite au comptant.

Les adjudicataires paieront *dix pour cent* en sus des enchères.

Paris. — Imp. de l'Art, Ch. Berger, 41, rue de la Victoire

ANTIQUITÉS

I. POTERIE

1. VASES ÉTRUSQUES

EN BUCCHERO NOIR

1. Coupe à anses plates et repliées. Sur chaque face, deux rangs de feuilles de papyrus gravées.

2. Autre, plus grande ; même décor avec, au milieu de la panse, un rang de dentelures.

3. Coupe ornée d'une frise estampée (Chimères, Centaures, etc.).
   Recollée. — H. 46 cent.

4. Très belle coupe soutenue par quatre pilastres à reliefs ajourés (Deux chimères assises et deux déesses ailées d'ancien style). — H. 18 cent.

5. Amphore à anses plates, le corps entouré de deux cercles en relief. Sur chaque anse, une frise d'animaux (estampés).
   Lésion au bord supérieur. — H. 34 cent.

2. VASES A FIGURES NOIRES

SUR FOND ROUGE

6. Petit lécythe. — Apollon nu, debout à dr. et
s'abritant derrière un bouclier; à sa gauche, une
biche; devant lui, Hercule courant vers la droite,
en emportant le trépied de Delphes. Ce groupe
est compris entre une femme debout, levant la
main, et une femme assise. -- H. 11 cent.

7. Lécythe. — Thésée domptant le taureau de
Marathon.

> Traces d'engobe blanc. — H. 20 cent.

8. Lécythe. — Bacchanale. — H. 25 cent.

9. Aiguière à tableau. — Hercule combattant
trois Amazones. — H. 24 cent.

10. Autre, de très ancien style corinthien, l'embouchure trilobée. — Lion à dr.; palmettes et
fleurons dans le champ. — H. 24 cent.

11. Coupe. — Sur chaque face, un cavalier à g.
entre deux Sirènes et deux hommes drapés. —
Diam., 20 cent.

12. Coupe de très ancien style. — De chaque côté,
une danseuse entre deux yeux prophylactiques
et deux ceps de vigne. — Diam., 28 cent.

13. Cratère. — Quadrige avec son conducteur;
autour, trois hoplites et un vieillard. Episèmes
des boucliers : ancre et serpent.

℞ Trois hoplites debout à g. (*épisèmes* : jambe
humaine, trépied et protome de lion.)

Sur le rebord du col, une frise de lions et de
sangliers. — H. 33 cent.

14. Amphore avec son couvercle. — Quadrige
monté par un homme coiffé d'un chapeau conique;
devant les chevaux, une figurine armée d'un
aiguillon; au second plan, Minerve et Hercule.

℞ Hoplite (*épisème*, une jambe humaine) et
son archer, debout à g. entre un homme barbu et
une femme drapée.

Rehauts blanc et pourpre. — H. 44 cent.

15. — Hydrie. — Hercule luttant avec le fleuve
Achéloüs, dont le corps se termine en queue de
poisson. A gauche, une femme levant les bras;
à dr., une autre (peinte en noir) appuyée sur un
sceptre. Sur l'épaule du vase : Deux hoplites courant après un quadrige, au galop à dr., qui em-
mène deux guerriers et le conducteur du char,
vêtu d'un long chiton blanc. A côté des chevaux,
un autre hoplite courant. — Ancien style.

Rehauts blanc et pourpre. — H. 48 cent.

16. — Grande amphore panathénaïque.— A¹. Minerve debout à g.. entre deux colonnettes surmontées de coqs. La déesse est armée d'un bouclier rond, et son bras dr. brandit une lance. — B) Homme barbu, conduisant un quadrige au galop, à dr. Devant les chevaux: ΚΑΛΟΣ; dessous, ΝΙΚΟΝ. — Graffites et les lettres ΑΡ peintes sous le pied. — Ancien style.

Rehauts blanc et pourpre. — H., 52 cent.

17. — Grande amphore tyrrhénienne à tableaux, avec son couvercle. — Quadrige monté par Jupiter barbu et Junon voilée. Derrière, Bacchus barbu; au second plan, Cérès coiffée du *polos*, Apollon jouant de la lyre et Diane. Devant le quadrige, Mercure et une quatrième déesse. — ℞ Bacchus d'ancien style, debout, un canthare à la main; devant lui, Mercure et un Satyre; derrière, une Bacchante et un autre Satyre.

Rehauts blanc et pourpre. — H. 60 cent.

(Voir planches I et II.)

18. — Autre.— Quadrige monté par un homme barbu et une femme; derrière, un vieillard; au second plan, Apollon jouant de la lyre et Mercure; devant les chevaux, une femme et un chien qui saute au poitrail des chevaux. — ℞ Bacchus barbu, debout devant une Bacchante. De chaque

côté de ce groupe, un Satyre debout, et, à droite,
Mercure.

Mêmes rehauts. — H. 62 cent.

3. VASES A FIGURES NOIRES

SUR FOND BLANC

19. Tasse de très ancien style. — Bacchus imberbe,
couché à g. sous une treille, entre deux grands
yeux prophylactiques et deux Centaures. — Anse
plate et repliée, ornée d'une nervure. — Diam.,
11 cent.

20. Femme debout à dr. près d'une chaise, les
deux bras avancés parallèlement. De la main
dr., elle tient une pelote de fil. Devant elle,
une corbeille à ouvrage. Traces de légendes dans
le champ. Ancien style. — H. 19 cent.

4. VASES A FIGURES ROUGES

SUR FOND NOIR

21. Aiguière à goulot trilobé. — Tableau : Diane chas-
seresse debout entre deux chiens qu'elle tient en
laisse. — H. 23 cent.

22. Coupe. — A l'intérieur : éphèbe tenant deux lances
et un pic de palestre (peinture noire sur rouge).
Sur la face externe, de chaque côté, un pales-
trite s'exerçant aux haltères entre deux yeux
prophylactiques. — D. 33 cent.

23. Coupe. — A l'intérieur, un discobole. A l'extérieur, le même sujet qu'au n° précédent. — D. 33 cent.

24. Coupe. — A l'intérieur : éphèbe nu, tenant un rhyton. ℞ Scène palestrique, et panthère dévorant une antilope; devant ce groupe, un éphèbe qui prend la fuite. — D. 33 cent.

25. Coupe. — A l'intérieur : Satyre courant à dr., avec un rhyton et une outre. Légende : HO ΓΑΙΣ. ℞ Entre deux grands yeux prophylactiques, deux scènes de la *Guerre des dieux contre les géants* : Neptune, armé du trident et d'un quartier de roc, et Diane, armée d'un arc et d'une javeline, combattent, chacun, un hoplite. — D. 30 cent.

26. Coupe. — A l'intérieur, un discobole à dr. Au revers, deux groupes de palestrites s'exerçant au disque et aux haltères et faisant leurs ablutions dans une vasque. — D. 34 cent.

27. Coupe. — A l'intérieur, éphèbe nu, courant à dr. Légende : HO ΓΑΙΣ ΚΑΛΟΣ. Au revers, deux scènes érotiques. — D. 27 cent.

28. Coupe. — Sur la face interne, un guerrier courant à dr. Au revers, des scènes de combat. — D. 31 cent.

29. Lécythe. — Déesse ailée, au vol, tenant deux
flambeaux allumés au-dessus de la flamme d'un
autel. — H. 40 cent.

30. Grande amphore. — A). *Départ pour la guerre.*
Femme debout à droite, appuyant sa main g.
sur un bouclier (*épisème* : protome de cheval) et,
de l'autre main, présentant une coupe à un
guerrier. Celui-ci, casqué, cuirassé et armé de
cnémides, a les jambes croisées, le bras g.
appuyé sur la hanche, et tient une lance. — B).
Ephèbe debout devant le pédotribe qui tient un
bâton. — Anses à nervure, amorties chacune
par une palmette peinte. — Style du milieu du
ve siècle. — H. 44 cent.

(Voir planche III.)

5. LÉCYTHES BLANCS DE L'ATTIQUE

31. Jeune homme debout à dr. devant une stèle à
fronton triangulaire. — Dessin au trait. —
H. 16 cent.

32. Femme couronnant une stèle de même forme.
— H. 16 cent.

33. Même sujet, un peu effacé ; à g. de la stèle, une
femme ; à dr., un jeune homme. — H. 28 cent.

6. VASES D'APULIE

(PEINTURE ROUGE SUR FOND NOIR, AVEC REHAUTS JAUNES
ET BLANCS).

34. Tasse à deux anses. Sur le devant, une frise de
godrons et une guirlande de grappes de raisin et
de pampres.

35. Autre. Autour du bord, un rang de godrons
gravés.

36. Tasse oviforme à deux anses. De chaque côté,
une tête de femme.

37. Autre, cannelée. Près de l'orifice, une colombe
entre deux branchettes de lierre.

38. Lécythe en forme de pyxis : Tête de femme et
couronne d'olivier.

39. Autre : Décor floral, blanc et pourpre.

40. Autre : Guirlande de grappes de raisin et de
pampres.

41. Lécythe à panse surbaissée : quadrillage blanc.

42. Lécythe pomiforme, cannelé.

43. Petite aiguière à goulot trilobé ; collier de pampres peint en blanc.

44. Lécythe piriforme : Tête de femme diadémée, à
g., émergeant d'un calice de fleur.

45. Balsamaire : Tête de femme à g., les cheveux
dans un *sakkos*.

46-47. Deux lécythes sans anse : tête de femme.

48-49. Deux autres : quadrillage blanc.

50. Lécythe pomiforme : Femme drapée, courant à
g., avec un seau et un coffret ; un adolescent
nu, tenant un thyrse, la poursuit. — H. 15 cent.

51. Lécythe cannelé ; embouchure en forme de trèfle ;
l'anse amortie par une tête d'animal qui regarde
l'intérieur du vase. Décor : masque tragique
(de Jupiter) à g., suspendu à une branchette de
lierre. Au milieu de la panse, une tige fleurie.
— H. 24 cent.

52-53. Deux aiguières faisant pendant. — 1) Amour
adolescent, à dr., tenant deux plateaux et une
branchette fleurie ; devant lui, une femme tenant
deux couronnes. — 2) Amour debout devant
une femme assise tenant une couronne et un
plateau chargé de fruits. — Anse surélevée,
amortie par deux mascarons noirs en relief. —
H. 28 cent.

54. Petite amphore avec son couvercle. — Deux
Amours adolescents, au vol, portant des coffrets
de mariage et des bandelettes ; deux femmes,
dont l'une assise, tenant des coffrets et des
miroirs. — Anses brisées. — H. 21 cent.

55. Amphore. — D'un côté, une femme debout devant
un autel ; de l'autre, un Amour avec palme et
couronne. — H. 24 cent.

56. Amphore avec son couvercle surmonté d'une
amphore plus petite. — 1) Jeune mariée assise
à dr. ; devant elle, le mari debout, tirant un
bijou d'un coffret que lui présente un petit
Amour. — 2) Bain de la nouvelle mariée. —
Sur l'amphore du couvercle, une femme assise
et un Amour courant à g. — H. 28 cent.

57. Amphore. — Sur chaque face, une tête de
femme à g. — H. 40 cent.

58. Amphore à rouelles, les sujets sur deux regis-
tres. — Ephèbes et jeunes filles formant six
groupes. — H. 49 cent.

59. Petite amphore à mascarons. — Dans une chapelle funéraire : jeune homme assis à g., tenant
un bouclier et une coupe.
℟ Femme assise à g., tenant un coffret ; devant

elle, une corbeille à ouvrage. Sur le col : tête de femme à **g**.

Les mascarons de la face du vase sont peints en blanc, ceux du revers en rouge. — H. 34 cent.

60. Aiguière, le goulot taillé en bec de plume. — Décor : femme assise entre deux Satyres. — Sur le col : femme debout à g., tenant des deux mains sa draperie. — H. 41 cent.

61. Amphore cannelée, ornée d'un double collier peint.

L'une des anses manque. — H. 33 cent.

62. Amphore. — Sur la face principale : femme debout devant un autel, tenant un plateau et une colombe vers laquelle elle tourne la tête. — Au revers, éphèbe debout tenant une couronne et un plateau; derrière lui, un autel. — H. 26 cent.

63. Amphore. — Sur chaque face, une grande tête de femme, profilée à **g**. — H. 43 cent.

64. Amphore en forme de candélabre. — Entre les colonnes d'une chapelle funéraire : femme assise à g., tenant un miroir; devant elle, une amphore et un vase à parfums.

℞ Femme tenant un coffret et une situle. Sur l'épaule du vase, une tête de femme à g.

Rehauts blanc, jaune et pourpre. — H. 46 cent.

7. VASES DE CANOSA

(PEINTURE D'APPLIQUE SUR ENGOBE BLANC)

65. Canthare. — Femme debout à g., tenant un miroir et un plateau chargé de fruits.

Ŗ̸ Jeune homme allant à g., tenant un flambeau allumé et un tambourin. — Palmettes sous les anses, godrons autour des bords. — Dessin au trait; peinture noire, rouge, bleue et verte.

H. (avec les anses surélevées) 25 cent.

66. Aiguière à goulot trilobé. — Dessins géométriques sur l'épaule et au bas du col.

Peinture noire et rouge. — H. 29 cent.

67. Autre. — Victoire ailée, courant à g. et tenant un plateau de fruits et un tambourin. Rosace dans le champ, palmettes sous l'anse. Même décor du col et de l'épaule.

Blanc, rouge et noir sur fond gris. — H. 31 cent.

8. VASES A COUVERTE NOIRE

68. Petite amphore de Nola, chaque anse formée de trois tiges parallèles. — H. 22 cent.

69. Petite aiguière de Nola, le goulot taillé en bec d'oiseau et orné de deux rondelles. — H. 18 cent.

70. Tasse à deux anses horizontales, avec couvercle.

71. Lécythe plat, le goulot en bec d'oiseau; sur l'épaule, une frise de palmettes imprimées.

72. Tasse à une seule anse, le couvercle orné d'un bouton. Sous le pied, monogramme grec peint en noir.

73. Petit askos.

9. VASE SANS COUVERTE

74. Très jolie aiguière cannelée, le goulot en forme de tréfle.
   Terre pâle. — Haut. 29 cent.

10. VASES A DÉCOR PLASTIQUE

75. Askos en forme d'anneau; anse surélevée, amortie par un masque imberbe.

76. Askos côtelé, orné d'un masque de Jupiter Ammon en relief.

77. Rhyton amorti par une tête de taureau. Sujet de la peinture : tête de femme à g. entre deux palmettes (rouge, blanc et jaune sur fond noir). — Apulie. — H. 18 cent.

11. LAMPES

78-80. Deux lampes à sujets érotiques et une lampe alexandrine ornée d'une grenouille.

II. TERRES CUITES

81. Idole de très ancien style, en forme de colonne.
Les boucles du chignon sont divisées en cinq
étages ; ceinture autour des reins ; ornements
gravés à la pointe.

    Manque la tête et le bras g. — H. 97 millim.

82. Vénus assise sur un bouc (les têtes manquent.)

83. Petit garçon nu, appuyé sur une amphore à vin,
la poitrine parée d'une guirlande. — Devant de
figurine, estampé. — H. 11 cent.

84. Buste de Vénus diadémée, se tordant les cheveux.
— H. 94 millim.

85. Très beau fragment d'une figurine de Vénus nue.
— Art grec. — H. 11 cent.

86. Danseuse voilée se dirigeant vers la droite. —
Art italiote. — H. 15 cent.

87. Jeune fille drapée et encapuchonnée, debout. —
Italie. — H. 17 cent.

88. Femme drapée, assise sur un rocher. — Italie.
— H. 18 cent.

89. Femme drapée, debout, les cheveux frisés en bandeaux et noués au sommet de la tête. — Italie. — H. 21 cent.

90. Jeune fille drapée, debout, les deux pans du manteau repliés sur l'avant-bras gauche. — Italie. — H. 20 cent.

91. Femme debout, les bras dissimulés sous la draperie. — Italie. — H. 23 cent.

92. Jeune déesse assise (*Koré*), drapée, diadémée, une pomme à la main droite. Deux fleurons collés au bras droit. — Italie. — H. 24 cent.

93. Jeune fille drapée, debout, avec un strophium dans les cheveux. — Italie. — H. 25 cent.

94. Femme drapée, debout, coiffée d'un strophium, le bras droit sur la hanche. — Italie. — H. 20 cent.

95. Autre, variée. Même provenance. — H. 29 cent.

96. Groupe. — Jeune homme et jeune fille, debout et se tenant enlacés. La première a le bras droit levé. — Italie. — H. 31 cent.

97. Buste d'enfant coiffé de lierre, et sept petites têtes.

98. Fragment de bas-relief. — Amour au vol. Beau style. — H. 10 cent.

III. FRESQUE

99. Fragment de fresque murale : guirlande blanche
sur fond rouge.

IV. VERRERIE

100. Flacon pomiforme en verre blanc, à parois
épaisses.

101. Petit flacon piriforme à long col (brisé); irisation nacrée.

102. Fond de bouteille, convexe, avec une très belle
irisation dorée.

V. BRONZES

103. Jeune Satyre nu, couronné de lierre et marchant
sur la pointe des pieds, la jambe droite en avant,
les bras repliés, les mains fermées. Sa main
gauche tenait un thyrse, l'autre probablement un
flambeau. Les yeux étaient incrustés d'argent.

Figurine de très beau style grec ; école de Pra-
xitèle.

Belle patine brune luisante.

L'hippouris est brisée, la base moderne. — H. 22 cent. —
Socle en brèche.

(Voir planche IV.)

104. Guerrier nu, barbu et casqué, la jambe droite
en avant, comme s'il se défendait contre un
adversaire. Au bras gauche, il devait porter un
bouclier, et sa main droite tenait une lance.

Grande statuette d'art gallo-romain. Les yeux
et les mamelles étaient incrustés d'argent ou de
cuivre rouge. — Bronze décapé.

H. 27 cent. — Socle en jaune de Sienne.

(Voir planche V.)

105. Lare romain, marchant au pas de danse. Il est
couronné de fleurs, vêtu d'une tunique brodée,
avec le manteau noué en écharpe autour des reins,
et chaussé de brodequins. Sa main g. tient une
patère, sa main droite, levée, un rhyton amorti
par une protome de chèvre. Les yeux étaient
incrustés d'argent. — Premier siècle de l'Empire.

H. 25 cent. — Base moderne. — Socle en jaune de
Sienne.

(Voir planche VI.)

106. Candélabre étrusque. — Tige cannelée reposant
sur trois pattes de griffon. Au sommet, entre
quatre fleurons découpés, une figurine d'Hercule jeune, coiffé de la peau de lion.

Patine noire. — H. 1 m. 10 cent.

107. Candélabre étrusque. — Tige lisse sur trois pattes de griffon. Au sommet, un très joli groupe :
Satyre d'ancien style, à pieds de cheval, agenouillé et portant sur son épaule g. une Nymphe
drapée.

Patine noire. — H. 96 cent.

(Voir planche VII.)

108. Aiguière étrusque à goulot trilobé, l'anse amortie, dans le bas, par une plaque à relief (guerrier
blessé et agenouillé), dans le haut par une tête
de bélier. Sur le fond, deux lettres étrusques.

Patine luisante, vert pâle. — II. 25 cent.

109. Aiguière étrusque, ornée de fines ciselures.
Anse à nervures, amortie, dans le bas, par un
masque de lion d'ancien style.

Patine verte, luisante. — II. (avec l'anse) 19 cent.

(Voir planche VII.)

110. Autre. — Anse à nervures, surélevée et amortie par une patte de griffon et une feuille lan-
céolée.

Patine noire. — H. (avec l'anse) 19 cent.

(Voir planche VII.)

VI. MARBRES

111. Petit buste de jeune fille. — Marbre blanc. —
H. 21 cent.

112. Bas-relief (fragment de margelle de puits). —
Bacchante à g., drapée, le bras dr. replié au-dessus de sa tête, la main dr. abaissée et tenant
une moitié de chevreau. — Très beau style. —
H. 61 cent. L. 35 cent.

(Voir planche VIII.)

---

113. Un Lot de socles en marbre de différentes cou-
leurs.

114. Objets divers, non catalogués.

17

104

109

107

110

112

www.ingramcontent.com/pod-product-compliance
Lightning Source LLC
LaVergne TN
LVHW050642060726
842527LV00004B/1439